歌集

夕映えのキャンパス

清水麻利子

角川書店

夕映えのキャンパス　目次

Ⅲ 平成二十八年から令和元年

装幀　片岡忠彦

歌集　夕映えのキャンパス

清水麻利子

夕映えのもの清げなるキャンパスに紅雲ひとひら未だ我を呼ぶ

I　平成二十一年から二十四年

軽井沢の日中に

翡翠の水飛沫あげ飛び立てる二手橋まで涼しき樹陰

氷室過ぎ碓氷峠へ上り来て月は何処の山より出づる

龍之介は妙義山より目を移し越路の嶺の雪を見たるや

夏になお遠峰光る白雪を落とすに惜しと離るる恋あり

文学のサロンでありしか山百合の庭に咲きいる「つるや旅館」は

森陰に妖精通る径あらん木の十字架の塔の鐘鳴る

薄日射す杉皮葺きの二階家に片山廣子は物思いしけん

その指に小さく光る宝石に遠きわたつみ恋いたる歌人

芥川に慕われ愛蘭《アイルランド》翻訳と短歌の廣子は性差《ジェンダー》を詠む

夫も子も身を飾るべき珠と詠み廣子は己が人生を問う

追分に堀辰雄夫人の迎えたる彼の日も書棚に茂吉の並ぶ

「風立ちぬ」ジブリ映画のポスターを貼る店先にズッキーニ盛る

ひと群の蕎麦の花咲く彼方には浅間の尾根に雲かかりゆく

ひるがおの花咲くしろき路行けば追分の子ら声かけて過ぐ

夏休み近付く子らは両肩に荷物振分け青き蝶追う

右行けば月の更科左へは花の吉野と分去れ燈籠

分去れに「二世安楽」の石碑建ち芥川見たり廣子は見ずと

遠花火

故郷のＪＡ博多の蕾菜《つぼみな》を提ぐる人あり寄りゆく駅廊《ホーム》

畳紙へと樟脳入れつつ気付きたり母の香りも声さえ忘る

色合いも残り香までもありありと亡母《はは》の服抱くまどろみの夢

少女期に塀飛び越しし蛮勇を残す手首のガングリオンは

台北を経由する機に子は乗れる迷走台風気がかりのまま

草臥れたるサンドバッグもかくならんＩＴ戦士の子の寝姿よ

鮎を焼く香に誘われて二階より二人三人と夕餉に降り来

幼子は母の頤《おとがい》さすりつつ眠りにつける花火も見ずに

子を抱き遠花火見し畑の辺の生垣は伸ぶ背丈を越えて

背に当てて息子に丈の足らぬゆえまた仕舞いいる夫の浴衣を

揚花火誰と見たるか問いはせず息子は熱気纏いて帰る

パソコンに痛めし指ゆえ４Ｂを夫削ぎくるる肥後守《ひごのかみ》にて

恋文もメールも交さぬ夫なれど足湯し語る肩冷ゆるまで

食卓に箸休めなど欲しいよね新婚のころ夫言いたれど

古都周遊

伎芸天傷みの著き御姿に線香ひとつ供え掌《て》合わす

おみ足の罅ひとつ持つ伎芸天香煙は御身を纏わりてゆく

母在らば米寿と指を折りて知る伎芸天女の眼差見つつ

秋篠の寺にやどれば止む時雨苔むす庭の光満ち来る

金泥のはつかに残る天衣《てんね》掛け肩の細さよ少年阿修羅

履きしまま板金剛は重たからん阿修羅は神にも人にもなれず

山吹のしげみは枯れてまばらなり十市皇女の奥津城近く

飛び立てる鴨の羽先の水滴《しずく》み冬の光受けて弧を描く

歌垣の熱き血汐に及ばねど夫との大和路そら澄み渡る

山の辺の道に魁夷の書に出会う大和三山嬬《つま》争いの

枯草に半ば埋もるる碑《いしぶみ》は康成の筆「大和し美《うるわ》し」

道端に無人販売きゃらぶき煮柿も売りたり枝付きしまま

柴漬の小店の並ぶ細道を先行く夫へ投ぐる雪玉

瑠璃光の庭の雪道半ば来て八瀬の山水手に掬い飲む

呂の川と律川いずれに音合わす心迷いて浮舟の琵琶

獅子柚子を床に飾りて鹿ヶ谷南瓜を枕に京の夢見ん

ゆるり行く花見小路は茶屋小路「豆はな・豆葉・豆佳」の表札

ほのぐらき紅殻格子犬やらい祇園花街灯ともし初むる

海老蔵の光の君する南座の「源氏千年」千秋楽なり

紫の雲の底いの夕明かりややに薄らぎ年暮れてゆく

卒業

項垂れて話聴きいる生徒らの頭上を掠め飛ぶ初燕

銀鼠の縞模様まで鮮やかに今間近にす木星観察

こうまでも笑い欲する年頃か楽しきガイドにバスは揺れ行く

巡り来る生徒等を待つ丘の上風が読みゆく遠足栞

不意を衝き轟く花火の開く闇　今しもキャンプファイヤー点火す

余興にて自ら悪役演じいる生徒は叱責受くること減りぬ

時雨にも似たる茶筅の音響く大茶盛とて支え飲む子等

法隆寺エンタシスの脹らみを生徒は「父さんのおなか」と触る

卒業の朝の黒板いちめんに「あ・り・が・と・う」と渾名の並ぶ

卒業式了え教室に生徒居ず窓の外隠れ一気に顔出す

退院し登校の子と友三人卒業式す保健室にて

光琳かるた

修行する孫の身案じ来たるとう嫗佇む荒行堂に

おぶわれて不知藪《やぶしらず》行く朝夢を抜け出て窓の明るさに覚む

月は満ち桜の吹雪く宵風に導かれゆく「文学の小道」

我が街は北緯三十五度にあり弧を傾けて北極星《ポラリス》へ向く

駅前の広場にガス燈灯りたる刹那に失せものある気配のす

提灯は桐の家紋と木瓜《もっこう》の迎え火行き交う行徳の昼

病癒え今日ある身なり早世の母を重ぬる身替り観音

修理終えし金剛力士の丹の色の艶々として腰の太さよ

師の歌碑に定家葛の一筋の伝いおりしを躊躇いて取る

歌集成り故郷《くに》より祝いの品届く歌留多に匂袋も添えられ

孝標の女《むすめ》の昂る心地知る光琳かるたを叔母譲りくれ

亡き母の写真に歌集を見せたると電話の叔母は声を詰まらす

隼人瓜・唐薯・甘薯・博多葱　実家《さと》なき我へのふるさと便り

時隔て気に懸けつつも離れ住む従妹に会いたし二条のホテル

幼日に赤き革靴を履きたるが相会う従妹逞しくあり

肩並べ少女漫画を読み耽りし　記憶になきを従妹は覚ゆ

母の縁ともに薄きを従姉妹どち互《かたみ》にねぎらう京の夜半月

土鈴

土鈴《はにすず》の響優しき訓《くに》ことば師は語られる鈴の文化史

涼やかな音色に鈴と名付けけん韓《から》の国にも似し音のあり

宮人の足結《あゆい》の小鈴響《とよ》みけん魔除けとするや熊追い鈴とも

柏木や命婦のおもとに大納言姫の猫ども鈴をつけしか

典雅なる俊成に比べ旺盛な仕事人なり定家の筆跡

『明月記』の天文記録に寄りてゆく嘗て学びし記憶のあれば

授かりし御衣《おんぞ》の表装艶やかな「宸翰《しんかん》」に見る天皇の書を

古歌にある蜘蛛の振舞説き給う師の謡本に朱線の引かる

巡る世の常かと思うかがり火に代の替われる宗家の声は

萬斎が太郎冠者する口真似の豊けき表情間近に見おり

土蜘蛛の千筋の糸投げ能舞台名月までも搦め捕らるる

秋蝶を薄き日射しの包みいてえのころ草の穂のやせゆける

甃《いしみち》を案内するごと先をゆく磯鵯《いそひよどり》の胸は朱の色

教職

性別を書き込む欄にペンを止む今日は朝より迷いの多し

軽やかな強き心を持たんとす例えば羊羹虎屋の袋

潔く荷を捨てており定年を前に教職退かんと決めて

生徒らの声かけくるを訝しむコートに帽子の我が後ろ背に

俯きて肯定さるると涙ぐむ作文表彰されたる生徒

写メールに短冊の短歌《うた》撮る親は病の祖父に見せてやるとう

春からの異動のことも過りゆく忘年会の椅子取りゲーム

新友の親友となる嬉しさを生徒書きくる年賀状あり

喫煙室閉鎖に校舎裏手にて喫う他なしと男性教師

学年の配当表になき文字もふりがな付きて載するはよろし

国語科の入試は文学・論説文そして詩歌の識詩率問う

何時よりか緑となりし黒板は異議を唱えず昔の名前

生徒等の今日のひと日を知っている上履き憩う靴箱団地

選ばれてバレエ留学する生徒に貴婦人の格すでに仄見ゆ

ウィーンにてオペラ座からの帰り道時の止まると留学の子は

元日のウィーン・フィルのコンサート舞踊の子らに生徒を探す

大地震

本棚の倒れはせんかと廊に出で壁の端まで身は揺さぶらる

大地震《ない》に生徒導き中庭へ出づるが遠しグラウンドまでは

迎えなき生徒ら余震に肩を寄せクイズなぞなぞきりなく遊ぶ

生徒らの家庭への電話不通なりテレビは津波の映像流し

一升炊き二台にて炊き掌《て》の熱さ耐えつつ握る茶めし鰹めし

落ち着ける子ら細ごまと手伝いし熱きままなるお握り配る

真夜中の帰宅に息子の高校の十名の友泊まりておりぬ

ともかくも家族に無事を知らせよと公衆電話へ急がせており

教師らの揃わぬままの朝礼に疲労の色のありありと見ゆ

別れ惜しむ時ままならぬ卒業式見送りて後余震また来る

波に呑まれ色とりどりのランドセル戻れど小さき命還らず

夢の国ディズニーランドは液状化対策ありき再開間近

震災の故《ゆえ》か伐採進みたるゆえか林の鶯鳴かず

震災に待機の息子は勤務中とにべなく応う用を頼むに

師の歌碑の無事を確かむ沿う崖の崩れしままに咲く雪柳

瓦礫行く戦車のごとく原発へ遠隔操作のロボット入りゆく

震災の「思い出」と書く作文を直すべきかとペン持ち直す

言い伝え津波てんでこてんでんこ待たずに逃げよ親をも子をも

松山を波越さじとう古歌あれど千年津波の確かに越えぬ

光より速きニュートリノを見付くるとう人為す復興遅々と進まず

退職願

窓に寄り鳴く鳥の名を子は訊ぬようやく受験の終わりし朝に

「手柄」なる珍しき姓の店長は子の初背広に明るき縞選る

入学式中止の息子は入部する陶芸部探しに大学巡る

震災より三月経ちたる学び舎に退職願の手元の暗し

節電の校長室にて退職の願いを出せり表情《かお》見えぬまま

この五冊と決めて三度を読み返す君らと同じ吾も受験生

文京区カルチエ・ラタンの秋光る入学願書をいま出し来て

「渚ちゃんが追試は何処か聞いてます」人波に隠れ渚は見えず

「この扉《ドア》は子育て中にて開きません」購買部の上《へ》に燕の巣あり

お握りを頰ばり掃除に来る生徒　叱られたきか昨日も今日も

瑣末なれど入試問題手直しす年年歳歳鍛えられたり

仕事とはこの世の確かな手触りと勤めし教職三十八年

日本海ものぞみまでもがラストラン我は白墨《チョーク》の手を洗い終う

送別に掛けらるる言葉ひとつあり完全燃焼して下さいと

近江神宮かるた戦

棚田米に焼き鯖麵と赤蒟蒻「お江《ごう》膳」なるホテルのランチ

鈍色の水の琵琶湖に光落ち比良の山なみ雪にて暮るる

幾つもの鐘の音響き包まるる琵琶湖の夜の懐《ふところ》に居て

吾木香手に持ち裏山下り来しは三橋節子の夫と名告らる

限りある母の姿を子等に見す片腕にて描く「三井の晩鐘」

時の祖神《かみ》の天智天皇祀る社に龍形火時計なお時刻む

ささなみの志賀の湖風《うみかぜ》吹き渡りかるた戦待つ人ら肩寄す

雪混じる近江神宮参拝し玉串捧ぐクイーンと名人

報道の人垣囲むかるた戦なべて腹這い手元を撮す

取りて立ち飛ばして立てるかるた戦　西郷名人素足のままで

明暗を分けたる二枚の分かれ札「忍ぶれど」にて名人の勝ち

Ⅱ　平成二十四年から二十七年

学生食堂

色淡くほのかに香る秋薔薇よ一生《ひとよ》にまたも学徒となれり

回游魚女子かもしれぬ働きて学びて行き場をなおも探せる

入学し部員五名の集いたり我ら短歌の同好会に

潜みたる熱き思いの風穴か彼らはズボンに穴あけ歩く

今朝もまた夫の見送りくれたるに角曲がるまで鍵はかけざり

学割を使うかシルバー料金かチケット売場に躊躇う暫し

神田川跨ぐアーチの橋裏に網目模様の水紋の揺る

降りてゆく硬き地層に「私《わたくし》」の心定まる地下鉄ホーム

襲いくる風圧に次ぐ轟音の忽ちホームの人らを攫う

ＯＬのパンツスーツの脚長し日経紙縦に折りて読みいる

混み合える電車に足出し座りいる若き雌鹿《めじか》の脚そっと押す

朝夕に挨拶しくれる守衛《ガードマン》に恐縮しつつ会釈を交わす

掌《て》を合わせ頂きますの仕草する男子真向かう学生食堂

地下書庫のセピアに染まる「花實」繰り青年の日の師の短歌《うた》に逢う

十返舎一九の双六《すごろく》天智より上がりは小倉山荘とあり

円了は百二十五年の先見たり百鬼夜行の妖怪ブーム

熱を入れ山東京伝《きょうでん》語る学生に息子重ねて頷きており

入り来るや机上の飲み物注意する教授より聞く「たしなみ」の語源

日本の雲は近くて届きそう王《わん》さん言うに遠き雲見る

机上には本が居るとう王さんに在ると居るとを如何に教えん

間つなぎも言い淀みもありあれこれの日本語並べて和みのことば

逸早く答え求むる王さんに先ず考えてが口癖となる

中国の福の字逆さに貼る扉　春には王さん花嫁となる

王さんの生れたる大連アカシアの街路樹続き花咲く頃と

母が住み父の訪いたる大連に花降りやまずアカシアに雨

揺り籠から墓場までもと学ぶとう高齢《シニア》学生ソルボンヌにて

独立宣言

ワンルームなれど通勤の便の良しと俄かに息子の独立宣言

壁紙の「赤ずきん」なるを嫌がるにそのまま青年となれる子の部屋

大男サイズのベッドに大机引越し難し置きたるままに

ベストセラー幾冊かありＩＴの専門書ばかりの本棚の中

遠距離の通学通勤今日限り喘息治療の幼児期もあり

初めての「さびしい」の語を遣う子は淋しい瞳をする仔犬を抱けり

週末の二日をかけて子の荷物運び手伝う夫は勇みて

「二十六歳《にじゅうろく》が門限と言ったよ母さんは」そうだったよね、空っぽの部屋

子の巣立ちパソコンと辞書と老眼鏡並べて夢見し我が書斎なり

淀みなき営業用の口調にて長男は帰省の予定を告ぐる

ニューヨークに新たな事業立ち上ぐる息子を囲む膳の賑わい

二年振りの震災復興花火なり浴衣際立つ若者たちの

驟雨なり庭の散水より長く息子のシャワーよりも短く

陶芸に明け暮れ修業のひとつやも次男は友と伊太利へ飛ぶ

液晶に指すべらせて子は見するウフィツィの絵をヴェッキオ橋を

フィレンツェの空の青みは如何ばかり土産のバッグの色に慰む

日の出でて日の暮るるまでヴァチカンの街を歩ける息子の靴底

夜を徹し子は窯を焚く父親の退職記念のコーヒーカップ

震災に入学式のなき子なり成人の日の吉事《よごと》の大雪

強風の中へ息子は背に負えるギターを翼に自転車を漕ぐ

吹き荒るる黄砂の中を真白なる柔道着の子ら顔伏せてゆく

スーパーのレジの袋は高々と寺の九輪の上を越えたり

三倍上手

眉墨を細く描くより姑《はは》の旅始まりており迎えを待ちて

薬分け車椅子積み襁褓入れ最後に乗する姑と海老餅

長月の富士は早くも冷え込むか淡く被りし頂の雪

富士山の秋こそ似合うひと群のまたひと群の続く穂芒

富士山と背中丸めし老女描く湯呑み茶碗を姑は気に入る

清水湧く忍野八海ひと巡り姑は車椅子降りて歩みぬ

週三日デイサービスに行く姑は年寄りばかりで友は出来ぬと

小皿にて味はいかがと姑に問う昔習いし筑前煮ゆえ

看護師に気になることはと訊ねられ嫁との仲と姑は告げたり

院内の感染怖れ連れ帰る姑は重たし小さくなれども

マリ子さんブザーは何処と訊いてくる姑《かあ》さんここは貴女の家よ

姑の呼ぶ「お願いします」は「ひでちゃん」に変わりて夫の添い寝の続く

フグ料理終わるに姑は食べたしと次の冬まで生きられぬと言う

我が料理美味しいと言う姑と顔見合わせ男は言わぬと笑う

リハビリに通う姑御は機嫌良し「三倍上手」は常の口癖

朝の粥数匙口にし寝ると言い蠟燭の灯の消ゆるごと逝く

人工呼吸心臓マッサージ続けいいて救急車の音やがて近付く

在宅の介護のリスクよ警察の現場検証はゴミ箱までも

母逝きて半世紀のち姑が逝く　もう母と呼ぶ人の居らざり

花子

地下道を出づれば麻布十番の舗道に朝の光の転《まろ》ぶ

鳥居坂を上りし古き屋敷跡積む石垣に高き塀あり

十歳の花子は父と別れたりクローバー芽吹くこの校門に

展示され原稿著作の華やげる村岡花子のドラマ化近く

半日を東洋英和の史料室　紙の粉の舞う古き香の中

信綱が廣子と花子に指し示す歌に始まり翻訳への道

『王子と乞食』翻訳勧め渡したり片山廣子は子の逝く花子に

ごきげんようさようならと去りゆけるラジオの小母さん優しき声す

かの子詠み白蓮も寄せたる『女人短歌』婦人活動家花子の名あり

信綱の不肖の弟子と恥じらいて折節歌を詠みたる花子

蓴菜池

木道の乾く音立て踏み入りぬ水生植物観察会へ

蓴菜《じゅんさい》を育つる池に薄紅の花いま咲けり三輪ほどの

河骨の黄花鮮やぐひととところ蚊絶やし目高の黒く固まる

身を守るためなんだねと幼子の君言い動かぬ小魚を見たり

オオミクリ牧野博士の標本に採集されたる池の水澄む

半夏生またの名ありて片白草　葉は白々と薄日を返す

翡翠の育む雛は順序よく餌を受けおり争いもせず

陸軍の武器庫でありし赤煉瓦フランス積みに日の当たりおり

煉瓦積み長手と小口を交互にて重ねゆくことフランス積みとう

古戦場遊園地いま薔薇の園　里見公園に春バラ盛る

楽隊もフリーマーケットの客も去り薔薇の名前を当てつつ歩く

家族写真

エコー画面底なし沼の深淵の黒々とあり呑まれてならじ

悪しきものひとつふたつも呉れてやろまた再びの青空のため

術前の同意書真先に配らるるセカンドオピニオンの勧めまで書き

横たわりＣＴ検査の造影剤羊水に似るや温く満ちくる

やや右に傾げて映る全身の我が骨格のすらりと長し

検査のみひと月ばかり続きおり廊下にて待つ夫を残して

溜め込みし家族写真をアルバムにひたすらに貼る入院前夜

アルバムの早めくりをし走馬灯となりて過れる子の幼顔

カーテンを一枚隔てかさこそと食後揃いて薬袋さざめく

留守にせし家に気掛りなけれども冷凍庫にあるたらばの片身

病窓に寄る雀など詠むなよと言う子よ夕べ土鳩は来るに

水に生れ水へと還る一生《ひとよ》ゆえ夜半には口の渇きて止まず

熟したる白桃に似る赤き月ツインタワーの上に懸かれる

赤き月沈みしビルの辺りより空青みゆく手術日の朝

この一夜生老病死の幾たりか院駐車場ゲートの開く

手術室《オペ》へ続く廊下の肌寒く術着の紐を固く締めゆく

四時間の麻酔から覚め傍らに夫と子は佇つ記憶のように

微睡めば酸素不足の警報に起こされ深く息をせよとう

就活のスーツ姿の子は来たり着替えと少しの郵便物持ち

遊びつつ大学院は学ぶべし歳の離れぬ師よりの便り

母病むに息子は活を入れられて夕餉作るか二時間ほども

子の作る料理はバターに香辛料　後片付けは夫がするらし

口数のややに増ゆるや夜の更けて息子は内定貰うと語る

陶芸に窯師務めし子の四年ものづくりする仕事に就くと

健康に良しと始めし夜回りへ夫は出でゆく遠き雷

拍子木の音は我が家の前を過ぐ夫の声も時折聞こえ

月と回転木馬

二十年経て産卵に帰岸せし赤海亀ぞ墓参の我は

我がわれにひたに近付く故郷《くに》帰り「何ばしょっとね」呟いてみる

父母に供うる仏花を購いにゆきシャッター通りの迷い子となる

蒼穹に揺るがぬ煙突今も立つ月も煙たし炭坑節の

天と地を揺るがせ炭坑《やま》は怒りたり月も沈みぬ有明の海

半世紀前の大地を揺るがしし炭塵爆発今なお耳に

閉山後介護施設の増ゆる町　友幾たりかUターンする

大蛇山まつりの火の粉浴びたるか故郷の少女凛々しき顔する

屋上の回転木馬の硬き背《せな》　手を振る母と幾度逢いたり

経《たて》軸を月巡りゆく緯《よこ》軸は輪廻生死の回転木馬

故郷は世界遺産に申請す三池炭鉱産業史として

母悼み十五《じゅうご》歳の我は篠栗の遍路に歩けりこの細道を

飯塚の伝右衛門邸に白蓮は悪者なりき新月の窓

筑豊の炭鉱王の仕立てよき礼服に寄る小暗き部屋に

白蓮が娘に出したる手紙なり反故の裏紙小さき字並ぶ

晩年の盲《めし》いる白蓮てのひらに享けたる月光温くありけん

真間の手児奈

白秋の住みたる市川真間あたり垣根に白くからたちの咲く

真間川を風のゆき交う桜土手セーラー服の襟はためかす

師の願い引き継ぐ手児奈文学賞二十回目の募集の近し

歌行脚せんと出向ける教室に子らは手児奈の歌を諳んず

短歌《うた》詠みて聴覚支援学校の子等は手話にて解説をする

歌評する言葉は手話に訳されて子供らの頬紅潮しおり

手児奈には家族いたのと問う子ありその母髪を梳きくれしかと

出前授業の礼状今は宝物「気持ちが言える短歌は好き」と

赤人も虫麻呂も詠む手児奈なり一生《ひとよ》の春を知らずに逝ける

夏草に奥つ城千年埋もるとも人は忘れず手児奈伝説

手児奈児の真間の入江の復元に手がかり得たるを広報伝う

放射線炭素を測るボーリングに真間の辺りは真水でありし

初夏の片葉の葦に風そよぎ水面光れる手児奈の祭り

そよぎいる葦の葉先の波揃い何処より鳴る風の円舞曲《ワルツ》は

浅黄の衣の片肌脱げる乙女たち手児奈太鼓を打ち鳴らし舞う

七とせを浅茅が宿に夫を待ち宮木は手児奈の里に果てしか

産み月の近き女《おみな》の祈りいる指先に映ゆ手児奈の紅葉

再会

三十年振りに集えるクラス会に二人の生徒へ黙禱捧ぐ

減量は同級会に間に合わずと生徒会長からから笑う

教え子ら越え来し山谷それぞれに今の自分が一番好きと

一丸となりて反抗されしこと忘れて生徒と再会のハグ

炎天の高校野球の観戦を短歌《うた》に詠みたる子らに囲まる

膨らみて萎む朝顔の恋心詠みたる生徒の結婚を聞く

「スカイツリー見てたら美味しい金平糖」子どもの歌の真似は出来ない

田植え授業撮りたる一葉送りくる友の水田に子どもらと雲

行徳の御輿担ぎにパリへ飛ぶ友は祭りとわが街愛し

落人を匿いたるとう行徳に羽の破れし黒揚羽舞う

家康の鷹狩りの道にクロスする黒松並木と外環新道

水を抜くプール脇には向日葵のシャワーヘッドの形して枯る

月満ちてやがて欠けゆく空見上ぐ勤め帰りの人と並びて

かのあたり長身の我の佇つらんか月に地球の影の映れば

雛の夜

雛の夜を雪洞《ぼんぼり》長く灯しおり息子に恋の気配のありて

ひいなとは人形のこと箱出づる孵化したばかりの雛のかんばせ

息子二人居れども娘は授からず顔よき雛《ひいな》飾る我がため

触れぬよう少し離さん袖と袖　男雛女雛も我ら夫婦も

「誰のことお内裏様とお雛様って」傍らをゆく子ら歌いつつ

桐箱に仕舞う女雛を手に取れば男雛のかたっと音してかしぐ

雛をかたし緋毛氈をも片付けて母の通夜せし二人の姉と

抱かるる形に似たり夫に乞い力ある手に帯締められて

万葉の人も詠みたる下総《しもつふさ》中山の名の駅に降り立つ

着付して雛めぐりをと町なかの貸衣裳屋は貼紙をする

赤門を過ぎて小店の二、三軒きぬかつぎ盛る籠に日の射す

法華経寺掲げし額の「鬼子母神」鬼に角なく母なればこそ

冷えまさる回廊行けば不揃いの内裏雛あり独り雛あり

息子らの陶芸展は自転車屋二階に若者犇めきあいて

創りたる歪な湯呑みも円くなり軽さも増して子は卒業す

三輪車　補助輪自転車　通学用　子らの帰宅は音にて知りぬ

生きるとは塵積もりゆく営みよ二人暮らしになりても多し

獺祭《だっさい》

獺《かわうそ》の捕らえし魚を並べおき神へまつるを獺祭《だっさい》という

育て来し息子二人を並べ見る今日は母の日そして獺祭

二割三分獺祭磨きの吟醸を山口の小さき酒造に訪ぬ

ゆるやかに始まり山なす橋三つ　やがて彼岸へ錦帯橋は

三つほどの起伏のありしわが一生《ひとよ》錦帯橋の木組み揺るがず

吉川《きっかわ》の一族眠る墓所広し姫君若君幼くて逝く

城山に立ちて見下ろす瀬戸内の島影の見ゆオスプレイも見ゆ

押し寄する銀波にも似て工場の群なす中に子は働ける

おわら風の盆

立山の山並み蒼く蕎麦の花二百十日の風吹き渡る

陽を溜めて家温むとう石垣の丸き石なり丸く光れり

編み笠に隠れ無言の風の盆　娘らは軽々「我」を捨てゆく

指先のかくものもの言う夜のありや雪洞《ぼんぼり》照らす娘らの白き手

町流し唄に三味線胡弓の音何処から湧き何処へ行かん

立山の雪解け水の水音に今宵は胡弓が相方務む

七、七、七、五音を唄い五を冠す正調ならねど和歌そのままに

町ごとに娘らの浴衣は艶競い下新町は朱の浴衣着る

腰落とし勢い伸ぶる男舞きりりと結ぶ市松の帯

桑をつみ糸とる里の手踊りを真似つつ進む客人《まろうど》われも

手踊りに指先美《は》しく伸びもせでこの手に息子二人の育つ

諏訪町の石畳踏み二階家の格子戸見上げ列に従《つ》きゆく

一晩を踊り明かして八尾駅見送りおわらに朝風の吹く

編み笠を取りたる娘らは幼びる昨夜《よべ》の名残の鬢のほつれ毛

Ⅲ　平成二十八年から令和元年

高志の国文学館

トンネルを出でてやにわに雪景色　互いに見知らぬ我らの歓声

鎧戸を下ろす別荘いくつかは冬を越すらし朱の灯りもれ

信濃から越後に入りぬ糸魚川の駅にて車輌は雪落としする

雪解かすスプリンクラーのもどかしさ言うべきことは言わねばならぬ

朝三暮四の言葉を知るに熱あらば堅き扉も開かんとぞ訪う

高志の国文学館の玻璃戸越し汚れなきやと降れる白雪

風の盆の次に訪いしは書簡読み今日は講演三たびの高志へ

見残しし夢への恋文かもしれぬ若き男《ひと》への歌人の文は

女手の長々とまた細々としたたむる文は姿態さえ見せ

あふれたる思いのゆえと乱れ字を指に辿れば桐の葉の落つ

古き文ひらけば色褪せ墨薄く紙上に歌人の溜息ひとつ

ためらいと悔いを綴れる恋文のガラスケースに晒されており

雪道に駅までの道訊ねたり紅き頬する下校の子らに

「すぐそこ」はけっこう遠しこれほどの積もる雪道歩くことなく

吹雪くなか路面電車の来るを待つ隠れ居のなき清々しさよ

家持の凍れる髭をふと思う肩に積もれる雪を払うに

能登人

南向く杉の林の山裾に光の溜る如月半ば

斑雪樹々の間に土のぞきカフェオリーブは鎧戸開く

七尾線の宝達・敷浪　千里浜の家持訪いたる朝凪の海

羽咋《はくい》との駅名珍し手帳出し読みかたまでも記しおきたり

能登人の前かがみして野道ゆく春一番の吹きいる車窓に

雪残り曇れる空を見上げいる発電パネルのあの畑この野

住み憂きと能登の七尾の冬詠む句こころ沁みたり母亡き日々に

免るる大火を店主は語りくれ太き梁へと茶の湯気の立つ

和三盆の甘さ優しき銘菓あり「花月」に寄られし陛下お若し

生れし家嫁ぎし家の結界に花嫁のれんの鴛鴦《おしどり》揺るる

「能登土産しもうてしもたわ」色褪する看板見居れば媼出で来る

母の五十年忌

母好む「湯島の白梅」口遊み　その声忘れ五十年の忌

サンダルは素足冷たく庭に出で椿一輪仏花に添うる

夜道ゆえ塾の迎えに来し母を気付かぬふりし友と帰れり

詫びたきを二つ三つとありながら母は逝きたり三人の娘を置き

受験近き我を遠ざけ臥せしまま逝きたる母の言葉は聞けず

慎ましき母の暮らしのエプロンに赤と緑の佐賀小城羊羹

靴底《くつぞこ》を黒々と煮て大根もまたくろぐろと母の味する

「くつぞこ」は舌鮃の異名

職を持ち息子居らばと母言いたり我は持てども母の亡かりき

「母のない子のように」ふと口遊む歌詞の少女は母の居りたり
「時には母のない子のように」作詞・寺山修司

わが母の五十年法要座す夫は時には子らの母の務めす

千葉時代《チバニアン》あなたが私であったかも磁場逆転の夫との渓谷《たに》に

ひとつ脱ぎふたつ脱ぎしてマトリョーシカ猶も心の裡は見えない

二階屋の屋根の上なるストロベリームーンは熟れたる宵の夏至の実

男物日傘を我はかざしおり女《おみな》大きく陽ざしは強く

赤紙のメール添付で届く日は息子に忌避のボタンのなくて

声合わせ「戦争を知らない子供たち」歌いし父母持つ息子たちはも

この世とも分かたぬ夕風われに吹き天蓋なきバス博多を巡る

草深き路を墓所へと上がりゆく父母に息子ら見せましものを

幾たびか夢に見し路父母の奥つ城処へ捩花の咲く

早世の兄居りしこと墓誌の名をなぞりてぞ知る父の悲しみ

故郷の墓参はバトンを渡すこと君ら気付くか西からの風

少女期に父の軍帽見し憶え箪笥の中よりいつしか消ゆる

独り居の娘のアパートに男名の表札を出し帰りたり父は

万葉を詠む

家持を詠む廣子うた「ひばりの歌」ヨーロッパ的と中西進氏

芥川宛廣子書簡の公開を関口安義氏讃え司会す

年上の廣子は家持と紀小鹿見立て詠みたり芥川へと

朝床に聞けば遥かに筑後川ぽんぽん蒸気の漁船《いさりぶね》ゆく

越中に家持の和歌たずねゆき明けの初夢白鷹を見し

鳴きとよむ雉子《きぎす》の声は妻恋よ鳴かずば届かず我ら夫婦も

卒寿過ぎ張りある声の師に告ぐる母校にて研究発表するを

明らかに時系列なる論にせん年譜を最後に大きく動かし

二十五分の発表なれど質問や疑問のありや仮想してみる

万葉歌をケーブルテレビに紹介す寒の和らぐ植物園にて

二百種の万葉植物植えらるるゆかりの和歌を傍らに添え

馬酔木花は万の鈴つけ撓りたり誰が魂呼ぶか総身震わせ

毒となり薬ともなる馬酔木とう万葉の御代の政変を思う

万葉の草木染めなる紫と茜梔子やさしき色合い

添削のコーナーありてレポーター花粉症なる赤鼻を詠む

十五分番組なれど撮影は三時間なり陽光回る

わが郷の筑紫の梅の香を運ぶ旅人《たびと》ゆかりの令和を生きん

翻る播《ばん》の赤地の日輪は映れり漆の高御座《たかみくら》へと

皇后の十二単の向かい鶴羽は大きく羽撃かんとす

ハリネズミカフェ

子の会社は専業禁止　ハリネズミカフェまで開き宮益坂行く

うす桃のランドセル背負う女の子「ちくちくＣＡＦＥ」の看板《ボード》に見入る

十ばかりドールハウスの並びいる明るき店に獣臭なく

子を亡くしドールハウスの作家となり街を造るとうものみな小さく

迎えたる飼育係のスタッフはどのハリネズミも愛し子のよう

手に乗せて痛くもあるにハリネズミ恋人たちは和らぎ笑まう

ラマダンの明けてこれより開くとうイラン料理のアラジンの店

菜多く嚙むほど脳《なずき》冴えかえる学士会館クラークカレーは

母の日のカーネーションの代わりにと子は招き呉る箱根の強羅

ハイビスカス鮮やかに咲く花の下息子を撮れば照れて俯く

箱根路を巡り息子の結婚も仕事の話もせずに別るる

うたの道行

関わると係わる拘わる使い分け拘《こだわ》りつつも校正進む

差別語の指摘のありて未亡人を故K氏夫人とす自覚なきまま

選択は論理国語か文学か　言葉は汽水域より生れし

恥を捨て歌詠み難を越ゆるとう五島美代子の言葉の響く

不機嫌な女主人のカフェ「銅鑼《どら》」に懲りずに寄れり文学館通り

芥川と廣子のかかわり追究し「うたの道行」表題とする

提出の近く昨夜の論文の直し捗り朝陽に眩む

去年よりも重く感ずるコートゆえライナー外し街へ出でゆく

紅葉映え精養軒のバルコニーに一人過ごせり論文仕上げ

杭に居る川鵜は羽を乾かして決意するごとまた潜りゆく

論文集五冊で七キロ仕上がれり店主は傘を差し掛けくるる

小夜更けて師よりの電話の吉報に傍の夫は万歳三唱

咲き初むる金木犀の香に浸る審査論文通りし朝に

命日とて廣子の墓前に報告すオリエンタルリリー腕いっぱいに

稽田《ひつじだ》

災禍越え千葉の再生詠まんとぞ集う二十人房総巡る

冠水し不通になりたる小湊線軋むディーゼル身を預けゆく

小湊線白き駅舎のメルヘンは青シートから続く青空

無人駅上総山田は賑わえり単線ディーゼルいま擦れ違い

青シート土嚢の屋根のいや増して皆寡黙なりペンを走らせ

刈株になお生え来たる穭田《ひつじだ》の黄金色なり穂はさらさらと

乗り換えしマイクロバスは山道を右に左に倒木を見る

倒木に赤きテープの貼られいて山武杉らし土産は杉箸

霊場の笠森観音 階《きざはし》 の半《なから》ばかりに小啄木鳥《こげら》の突く

水音近く濡れ落葉踏み下りゆけり養老渓谷粟又の滝

弘法の名を素知らぬげに潮風をはらみて揺るる弘法麦は

芥川記す恋文碑の建てる一宮館夜の俄雨

軽々とサーフボードを抱えつつ少女乗りくる一ノ宮駅

木更津の歌人は出版祝いくる停電・断水続ける中を

房総の歌友育てし一等米一夜の台風屑米にする

ひとまずは短歌授業へ行くという甚大被害に手も付けられず

Ⅳ　令和元年から三年

初音の鼓

文学は初音の鼓よ母恋いよ厨の詩集を我も読みたり

神様が見てるが母の口癖と短歌授業のお百度を踏む

膝小僧抱き泣きしは何時なるや十五歳の春に母と別れて

涙呑み涙の袋を提げてゆく　子らにも子らの悲傷あるらん

長男のメールは「ども！」で始まりて次男は「あ、そうだ」と唐突にくる

恐れ多し夫は息子に繰り返すフラノ地ブレザー古稀の祝いと

子と共に三越メンズオーダー店　夫は採寸さるるがままに

芽吹きたる落葉松林へ歩みゆく旅の家族に吹く風やさし

人混みを逃れて信濃追分の古き宿場の時は緩やか

車窓より立山連峰・日本海と解説しおり母ときどき教師

近江町市場はずれの寿司店はハネツキ花を小壺に挿せる

能登海の入日は際《きわ》に輝きてその球形を鮮やかに見す

誰となく蕎麦でも食べるかと言い出せり旅の終わりの東京駅に

臍の緒の箱見つけ出し新生児の腕輪は青く鮮やかなまま

この世の名を未だし我が子は持たぬまま母の名を書く腕輪をしたり

聞き慣れぬ第二新卒の職を得る息子は恵比寿の広告会社に

定時にて終えたる工場勤務とは異なる日々か残業続く

混み合えるこの冬初のバーゲンのレジに並べり子の買物に

働きて子育て急げる来し方のわが身省み子を待ちやらん

息子らが実家と呼ぶに夫と二人床の軋みも直しつつ住む

夕映えのキャンパス

廣子墓へ風よ届けよ慈眼寺の桜の吹雪く龍之介の墓

明治村の「猫の家」には漱石が「猫」を著し廣子も住める

しみじみと廣子の厨に座しており八年かけたる研究を終え
論文のデータ収むるＵＳＢ耐えかね破損す提出の後
ＴＡの依頼を譲るコロナ禍の苦境に立てる学生たちへ

深々と円了像に礼をする式典中止の最後の登校

宅配の好青年はわが名呼び「以下同文」と学位記渡す

夕映えのもの清げなるキャンパスに紅雲ひとひら未だ我を呼ぶ

千人針

白々と夜目にも著き水仙の耕作放棄地かたすみに咲く

人気なき夜道にマスク外しおり視野のかぎりの満月を観る

ベネチアのカーニバルには綺羅星のごとくに仮面・マスクの続く

七重八重マスクはキッチンペーパーで小顔の次男は輪ゴムを二つ

戦争を知らない我の千人針　子へのマスクをちくちくと縫う

歌友とかつて浜辺を歩きたり帰国者受け入れ勝浦の宿

感染者出でたるジムとう我が街の見馴れしビルを全国に報ず

休校の子どもら言葉は光なり「手児奈かるた」をホームにアップす

遺書めける子へのメールを削除する緊急宣言発令の夕

鶯も自粛となるや昨日今日愛しき啼き音をついに聴かざり

この青き星を案じて今宵月こよなく地球に近付くという

春風は香を含みたる至福どき医療従事の人へ届けん

大魔神と子ら名付けたる槻《つき》の木は萌葱《もえぎ》縅《おどし》の鎧を纏う

疫病

花に雪スーパームーンと感染症書きて残さん定家のごとく

この町に伏姫桜と半世紀　変わらず樹齢四百年と

既視感のあるなり曜変天目にテレビで見慣れしコロナの映像

癲《ペスト》には鼠の潜むコロナには蛇か蝙蝠やまいかぶりに

この歌会あの大会も中止なり手帳は斜線と空白ばかり

『千葉歌人』の校正作業もテレワークに終活進むと口々に言う

聞こえ来る防災無線は詐欺よりも感染防止へ舵を切りたり

疫病《えやみ》とう言葉を識りし『羅生門』疫病《えきびょう》よりも物憂げにして

アマビエは「あまひこ」なりとう山幸彦海幸彦を想う令和に

ぐろうばるの果てが無人の交差点　皇女は日本文学へ進む

波枕ならぬ夜明けの蝉枕しばし声聴きまどろみており

「そうさのう」マシューのように言わぬ夫と自粛半年ひとつ屋根下

ピレネーの峰を越ゆるに及ばねど朝の巡礼日課の散歩す

指二本フィレンツェ市街の地図の上を歩き辿れるウフィツィ宮まで

女たちにコロナ不況とオリンピック　あぶり出さるる日本の性差《ジェンダー》

失うにまたもそこから始めんぞリバプール発ビートルズはも

縞馬の縞を道成し駆けて来よ帰る帰らぬ帰れぬ息子ら

黒いダイヤ

ニュースには郷の大牟田を映し出す胸まで浸かる大洪水に

五十年離れし月日を忘れおり故郷の従姉妹に安否を問うに

洪水に一晩明かす小学生笑顔のもどるボートに乗れば

石炭の鉱脈満ちる古里を線状降水帯の覆える

黒いダイヤ埋もるる街の輝きは入日に溶くる有明の海

閉山へ繋がる炭塵爆発に数多の友の離れ住みたり

除虫菊を女中菊かと憶えし日　虐げらるる者を想えり

墓誌は濡る　鉱山営む祖父の名と労働争議に加わる祖母の名

玩具

あどけなく窄《すぼ》むる少女の唇の紅に似ており筑紫の萩は

可憐なる赤き花散り柘榴の実木肌の瘤の近付きがたし

代替わりする家の外に古びたる六法全書の捨てられており

電線に椋鳥数多並びいるソーシャルディスタンス今を流行《はやり》と

ハロウィンにゴースト達の吊るされてケルト人来よ夜の保育園

かりんの実は重き小首をもたげおり夕べの庭のひとところ明かく

任務了え次の旅ゆく「はやぶさ2」日本武尊《やまとたける》の哀しみに似る

勇ましき戦時歌謡を亡き母と共に歌いし唱歌のごとく

文箱なる広告うらの作文に添削のあり母の達筆

左肩すこし上がれる身を映す負うもの一つ二つと離し

口ふたつ十字に裁ち切り「喪」となれり生あるうちに言うべし愛も

ジャム瓶の蓋開け失せ物探しなど夫より得意のこと二つあり

続き部屋に同じ番組観る夫のテレビの音のややに遅れる

われが掃き夫が集めてきりもなや落葉は天より降りくる玩具

跋　信念を貫いて

佐田公子

清水麻利子氏の第二歌集『夕映えのキャンパス』の出版にあたり、私が跋文をお引き受けした経緯から書くことをお許しいただきたい。

清水麻利子氏と私の出会いは、十五年ほど前になる。当時、和洋女子大学付属国府台女子中学校高等学校に勤められていた清水氏が、日本歌人クラブ全日本学生・ジュニア短歌大会で受賞した生徒達に付き添って出席されていた。私も担当の学生が受賞したので出席していた。清水氏の生徒達は、文部科学大臣賞・毎日新聞社賞等数々の賞を受賞した。氏は、授賞式会場で緊張気味だった生徒一人一人に優しく言葉を掛け、丁寧に対応されていた。その姿が大変印象的で素晴らしい方だと思った。それもそのはず、清水氏は、昭和五十四年から文部省「国語表現教育」在職研修員で、短歌の指導にも大変熱心であったのだ。氏は、平成二十一年には第一歌集『団塊のコスモス』を上梓され、また同年に『ジュニア短歌　言葉の力と豊かな心を育てる短歌指導』を続けて出版されたのであった。

その後も日本歌人クラブ全日本学生・ジュニア短歌大会で清水氏との出会いを重ねていくうちに、清水氏は私にも親しく接してくださるようになった。平成二十三年の授賞式終了後、氏は、定年を前に退職して大学院に進み、近現代短歌を専攻することにしたとお話くださった。私は、流石だと思った。退職後の自由な時間を学問に充てる女性もみられるようになってきた時期だったので、清水氏の決断を大いに喜んだ。若い時に大学院の課程を終えても、その後の人生で研究に打ち込める環境に居られる人は、ごく一握りであるという実情を考えると、清水氏はよき選択をされたと思った。

そして、大学院入学から七年半後の令和元年九月、晴れて『片山廣子短歌研究　芥川龍之介との「うた」の道行』を刊行され、翌令和二年には東洋大学より博士号を授与された。さらに同年には、同書により日本短歌雑誌連盟「雑誌・評論賞」を受賞された。

この度の第二歌集の題名『夕映えのキャンパス』は、その研究の日々を詠まれた歌「夕映えのもの清げなるキャンパスに紅雲ひとひら未だ我を呼ぶ」から取られている。まさに本歌集は、氏が三十八年間の教員生活を退く間際から、院生としての研究の日々を中心に編まれているのである。

思えば、博士号の取得及びこの度の歌集出版は、氏が和洋女子大学の卒業論文に「芥川龍之介と谷崎潤一郎の小説論争」を書かれたこと、二十代で作歌を開始されたことに起因している。氏は大学院に進まれてから、芥川龍之介の短歌を研究されていた。そのうちに芥川が敬慕した歌人片山廣子（アイルランド文学翻訳者松村みね子）に魅せられ、廣子の短歌の研究に勤しまれた。すなわち若い学生時代に志した学究的見地と作歌精神とを大切にされ、その成果を次々と結実していかれたのである。

こうした業績を上げられた清水氏ではあるが、その道のりは決して平坦ではなかった。本歌集にもあるように、博士課程前期の時に大病を患ったのである。

赤き月沈みしビルの辺りより空青みゆく手術日の朝
手術室《オペ》へ続く廊下の肌寒く術着の紐を固く締めゆく
四時間の麻酔から覚め傍らに夫と子は佇つ記憶のように
遊びつつ大学院は学ぶべし歳の離れぬ師よりの便り

この闘病の時期は、研究が続けられるかどうか、不安の日々であっただろう。しかし、氏を救ったのは家族の存在と「余裕を持って研究すればよい」と示唆してくれた師の言葉であった。こうして氏は、また作歌と研究に邁進されていくことになったのである。

さて、ここで本歌集の教職時代の歌から何首か引用してみよう。

こうまでも笑い欲する年頃か楽しきガイドにバスは揺れ行く
法隆寺エンタシスの脹らみを生徒は「父さんのおなか」と触る
卒業の朝の黒板いちめんに「あ・り・が・と・う」と渾名の並ぶ
卒業式了え教室に生徒居ず窓の外隠れ一気に顔出す
大地震《ない》に生徒導き中庭へ出づるが遠しグラウンドまでは
別れ惜しむ時ままならぬ卒業式見送りて後余震また来る
震災の「思い出」と書く作文を直すべきかとペン持ち直す

一首目～四首目までには、無邪気な生徒達の様子が活写されている。三首目・四首目に見るように、卒業式当日、生徒達がお茶目な行動で感謝の言葉を伝えたのは、清水氏が日頃より大らかな心で生徒達に接していたからに他ならない。
五首目～七首目には、東日本大震災の折、必死に生徒を守ろうとする様子が歌われている。特に七首目は、大震災という衝撃的な体験を書いた作文に朱を入れることを躊躇う清水氏の誠実さが窺われる。

次に退職時期の歌を挙げる。

潔く荷を捨てており定年を前に教職退かんと決めて
震災より三月経ちたる学び舎に退職願の手元の暗し
仕事とはこの世の確かな手触りと勤めし教職三十八年
送別に掛けらるる言葉ひとつあり完全燃焼して下さいと

教職三十八年の退き際には、様々な感慨が蘇ってきたことだろう。大学院への進学が決まってからの退職であったので、同僚は「完全燃焼して下さい」というエールを送ったのであった。この言葉は、どんなにか氏に勇気を与えたことだろう。

次に院生生活を詠んだ歌を挙げてみる。

回游魚女子かもしれぬ働きて学びて行き場をなおも探せる
入学し部員五名の集いたり我ら短歌の同好会に
潜みたる熱き思いの風穴か彼らはズボンに穴あけ歩く
学割を使うかシルバー料金かチケット売場に躊躇う暫し
机上には本が居るとう王さんに在ると居るとを如何に教えん

一首目は、退職後に再び研究の道に進んだ自身を「回游魚」に譬え、あるべき場所を探求し続ける姿勢を率直に歌っている。二首目は、学生短歌同好会への入部、三首目は、ズボンに穴を空ける若者を「若さの風穴」と捉え、四首目では、シルバー料金と学割の値を比較しており、退職後の入学者ならではの戸惑いが微笑ましい。また、五首目には留学生が日本語を学ぶ難しさが詠まれていて、どの歌からも若い学生達との新鮮な交流の様子が窺われる。

こうして始まった研究だが、芥川や片山廣子関連の地を訪れた時の感慨を折々に詠まれている。

龍之介は妙義山より目を移し越路の嶺の雪を見たるや
薄日射す杉皮葺きの二階家に片山廣子は物思いしけん
半日を東洋英和の史料室　紙の粉の舞う古き香の中
高志の国文学館の玻璃戸越し汚れなきやと降れる白雪
ためらいと悔いを綴れる恋文のガラスケースに晒されており

一首目と二首目は軽井沢を訪れたときの歌で、芥川と廣子のありし日の交流を偲んでいる。芥川は、廣子の知性と品格と文学的才能を敬い、廣子を「越びと」とし、「明星」六巻三号（大正十四年三月）に旋頭歌を発表した。また、廣子も芥川との出会いにより、夫との死別後の新たな生き方を求め、アイルランド文学の翻訳をはじめとした文学活動に生きる意義を見出した。こうして刺激し合う両者の交流について、清水氏は博士論文において詳細に論じられたのであった。

三首目は、東洋英和女学院所蔵の「片山廣子寄贈本」を調査されていた時の歌である。

古紙の香りに包まれながらの至福のひと時が静かに歌われている。

四首目・五首目には、高志の国文学館で芥川龍之介宛片山廣子の書簡を閲覧した時の感慨が詠まれている。特に五首目は、廣子の心情を深く理解する清水氏ならではの歌である。

論文集五冊で七キロ仕上がれり店主は傘を差し掛けくるる
小夜更けて師よりの電話の吉報に傍の夫は万歳三唱

右の一首目は博士論文を製本した時の歌で、二首目は、博士号取得の朗報を受けた瞬間のご夫君の感激が詠まれている。本人の喜びよりもご夫君の様子を詠まれたところに、奥ゆかしい清水氏らしさが出ている。

さて、次に家族の歌に注目したい。

清水氏の故郷は福岡県大牟田市で、高度経済成長期の三井三池炭鉱地方の格差、小学校六年生の折の炭塵爆発事故も鮮明な記憶として深く心に刻まれたのである。

蒼穹に揺るがぬ煙突今も立つ月も煙たし炭坑節の

天と地を揺るがせ炭坑《やま》は怒りたり月も沈みぬ有明の海

半世紀前の大地を揺るがしし炭塵爆発今なお耳に

閉山後介護施設の増ゆる町　友幾たりかUターンする

故郷は世界遺産に申請す三池炭鉱産業史として

墓誌は濡る　鉱山営む祖父の名と労働争議に加わる祖母の名

掲出歌のように清水氏は、三池炭鉱の辛い歴史を生涯忘れず、現在の故郷を丹念に歌っていくことに使命感を持っているようである。

三池での思い出は、十五歳で母を亡くした氏の哀しみも纏っている。「母の五十年忌」の項には、

受験近き我を遠ざけ臥せしまま逝きたる母の言葉は聞けず

「母のない子のように」ふと口遊む歌詞の少女は母の居りたり

死の床にありながら、娘の受験を案ずる母の姿も忘れることができない。寺山修司が作詞し、カルメン・マキが歌ってヒットした「時には母のない子のように」の歌詞には母がいる。歌手や友人にも母がいるのに、自分には母がいないという現実。哀切な歌詞が、急に興醒めするほどの喪失感を清水氏は味わったに違いない。

しかし、十八歳になった清水氏は、そうした過酷な現実から立ち直るがごとく、故郷から遠く離れた千葉県で大学生活を送ることになったのである。

独り居の娘のアパートに男名の表札を出し帰りたり父は

という一首は、遠隔地で一人暮らしをする娘を案じる父への感謝の歌であろう。

清水氏はその後も千葉県に住み、二男の母となった。

ワンルームなれど通勤の便の良しと俄かに息子の独立宣言

「二十六歳《にじゅうろく》が門限と言ったよ母さんは」そうだったよね、空っぽの部屋

陶芸に明け暮れ修業のひとつやも次男は友と伊太利へ飛ぶ

夜を徹し子は窯を焚く父親の退職記念のコーヒーカップ

陶芸に窯師務めし子の四年ものづくりする仕事に就くと

長男のメールは「ども！」で始まりて次男は「あ、そうだ」と唐突にくる

掲出歌は二人の子息の巣立ちの歌である。「二十六歳が門限」とは、その年まで親元にいてよいが、それ以後は自立せよと促す名言である。勤勉な両親の背中を見て育った二人の息子は、約束どおり立派に自立したのだ。

こうして巣立った息子を詠んだ次の歌に、私は注目した。八尾の「風の盆」を訪れた時の歌である。

手踊りに指先美《は》しく伸びもせでこの手に息子二人の育つ

「風の盆」の土地の踊り手達のように自分は指先まで器用に美しく踊れない。しかし、この手で二人の息子が見事に巣立ってくれたのだという感慨が謙虚に詠まれており、まさに清水氏の真骨頂の歌と言っても過言ではない。
最後に、清水氏を支え、共によき人生を送られる夫君の歌を挙げてみたい。

触れぬよう少し離さん袖と袖　男雛女雛も我ら夫婦も
千葉時代《チバニアン》あなたが私であったかも磁場逆転の夫との渓谷《たに》に
恐れ多し夫は息子に繰り返すフラノ地ブレザー古稀の祝いと
われが掃き夫が集めてきりもなや落葉は天より降りくる玩具

一首目のように、夫婦円満の秘訣は、ほどほどの距離感をもって家庭生活を営むことにあるようだ。二首目のチバニアンの歌は、夫婦の互いの性が全く逆であったら、どうだったろうかと想像するのだが、逆転しても一心同体であることに違いはなく、深い絆で結ばれていることが、さりげなく歌われていて心憎い。三首目は、息子たちからの古稀の祝いに恐縮する夫君。そこからは子どもに対しても謙虚で誠実な夫君のお人柄が伝わってくる。

そして、本歌集の巻末歌である四首目は、夫婦揃って落ち葉の清掃をする姿が、どこか「高砂」のようで、下句の「落葉は天より降りくる玩具」が絶妙である。

本歌集は、教職時代の歌、学生生活の歌、研究の歌、故郷三池の歌、家族愛の歌等々、内容が豊富で、構成も変化に富んでおり、読者は一気に読んでしまうに違いない。

本歌集が、多くの読者の手元に届くことを願ってやまない。

令和三年七月吉日

あとがき

　第一歌集『団塊のコスモス』の出版から十三年になる。前歌集に所収の歌は四十年の歳月に亘り、青春期と、教職に子育ての変化の多い生活を反映している。「序」では神作光一先生が「やまとうたの道、浅きに似て深く、易《やす》きに似て難《かた》し。弁《わきま》へ知る人またいくばくならず。（藤原定家『近代秀歌』）」と、短歌創作の道が果てしなく遠いことを示された。市川手児奈文学賞や短歌の出前授業は、先生に導かれた道のひとつとして引き継いでいる。

　本歌集『夕映えのキャンパス』は四部に分け、「花實」、短歌雑誌、新聞、大会出詠歌、未発表歌など、五四三首を選出した。作歌の年数は構成上、前後しているものもある。

（Ⅰ）平成二十一年から二十四年

三十八年間勤めた学校からの退職を決める。国語教師としては「国語表現教育」をライフワークにしていた。次世代を担う生徒達に、豊かな言葉の感性としっかりとした論理的思考を身に付けて欲しいと、短歌と小論文を中心に「国語表現」の授業を提案し、中学と高校の一貫教育の場にて先生方の理解と協力を頂いたことが有難かった。次第に、短歌を更に深く学びたいと、短歌創作と共に研究や評論の道に進む目標を持つようになる。子育てが一段落したことと、東日本大震災の体験が気持ちを強くしたようだ。定年まで五年を残しての退職。そして、大学院への入学であった。

（Ⅱ）平成二十四年から二十七年

家と職場（学校）を往復する生活が一変した。都会の佇まいや若者達に交じっての生活にカルチャーショックを受ける。息子のような学生達は親しく接してくれ、同じくシニアの院生もいて心強い。教授は同世代か年下であり、厳しくも熱心なご指導をいただく。古代から現代まで文学の学び直しは充実した夢のような時間に感じた。覚悟はしていたが、研究は自主的に取り組むものである。演習発表では冷や汗をかきつつも研究の面白味を実感できた。修士論文のテーマに設定した芥川龍之介の短歌の研究から、芥川と互いの文学的才能に惹かれ合った歌人の片山廣子（アイルランド文学翻訳家の松村みね子）の、歌と人生に興味を持つ。

三重県鈴鹿市の佐佐木信綱記念館に廣子の書簡を繙いた。歓びも迷いも認め、歌の師との生涯にわたる強い絆を知るところとなる。この時から、研究は机上だけでなく足でもするものだと自覚した。そして、研究が目的の旅は、そのまま歌を詠む旅ともなったのである。この後に思いがけず闘病することになるが、家族の支えもあり、博士後期課程まで進級して研究を続けたい思いが病を乗り越えさせてくれたようだ。

東洋英和女学院の史料室には廣子の蔵書が寄贈され保管されている。蔵書から見えてくるのは、古典から新しいものまで貪欲に取り入れた読書の幅の広さと教養の深さであり、圧倒された。廣子の変化していった歌と対照すると、読書は歌の世界を創り出した礎であることに気付く。自身を顧みて足りないものの多さに愕然とするが、刺激もまた受ける。

富山の高志の国文学館に、所在不明であり一部しか公開されていなかった片山廣子の芥川龍之介宛書簡が所蔵されていることを知った。それからの文学館通いは六回に及ぶ。最初はその足で「風の盆」の祭りの輪に加わって歌に詠んだ。博士論文へ向けての研究を目的に許可が下り、平成二十七年の晩秋、二度目の訪問で書簡（原本を基に作成された資料）を閲覧させていただく。師の信綱への端正な筆遣いと異なり、廣子の息遣いが伝わる伸びやかな書体を、逸る気持ちを抑えながら一行ずつ辿っていった。

（Ⅲ）平成二十八年から令和元年

年を越しても高志の国文学館通いは続いた。廣子の芥川への溢れ出る想いの書簡は、女の姿態を感じさせる部分もあるが、躊躇いと悔いを綴った文面がガラスケースに晒されているのを辛く感じた。私的な手紙を研究の対象として良いものか。しかし、この交流から軽井沢を舞台に芥川が廣子を詠んだ旋頭歌「越びと」や、廣子の連作「日中」が生まれている。歌作品が誕生した醍醐味ある資料として読むことが出来るようになった。二人の「うたの道行」を研究の柱にして進め、これを副題に使う。文学者の書簡は作品でもある。廣子は「心の花」創刊以前の「いさゝ川」に参加した若い頃から、「われ」と「見残しし夢」を追い続けて来ていた。各地に於ける全国大会での研究発表や研究誌への掲載が目標と励みになり、加えて、軽井沢へ能登へと歌の旅が広がった。

私が文学の手解きをして貰ったのは母である。亡き母の五十年忌に、夫と息子二人と共に福岡県大牟田市へ墓参の旅をした。故郷は長く離れていても魂の在り処であろう。共働きの慌ただしい生活の後には研究で多忙となり、漸く持てた家族の時間であった。次いで、千葉県歌人クラブの会員で暴風雨の爪痕が生々しい房総を回ったことも記憶に新しい。

(Ⅳ) 令和元年から三年

令和となってからは、いよいよ論文「片山廣子短歌研究」の仕上げと提出・査読・審査へと緊張した日々が続いた。諸先生方のご指導とお世話になった皆様の御蔭で博士号（文学）の学位取得が伝えられた歓びと安堵も束の間、世はコロナ禍に見舞われる。修了式もないまま二度目の学生生活は終わった。

　古典を繙けば自然災害と共に疫病の記録は多い。スペイン風邪はまだ百年前のことである。今日、疫病の時代に生まれ合わせて思うことは、弱者を痛め付ける時代であるということである。子どもや学生、非正規雇用労働者、生活困窮者、そして性差《ジェンダー》である。女性の社会的自立を思案した片山廣子を詠む、〈夫も子も身を飾るべき珠と詠み廣子は己が人生を問う〉の歌を収めた。性差は如何なっていますかと、美しくも厳しい表情で問われそうな気がする。アイルランド文学の翻訳家・歌人として活躍した廣子は、困難な時代に生きて愛する人を次々に失ったが、「再生」の思いを胸に晩年にも翻訳・歌集・随筆を出版している。私もささやかながら、「見残しし夢」を追い求めているのかもしれない。

（本歌集より）

　文学は初音の鼓よ母恋いよ厨の詩集を我も読みたり

文学好きであった母は、台所の棚に島崎藤村の『若菜集』や与謝野晶子の詩歌集、北原白秋の詩歌集を並べており、幼いながらいつの間にか声に出して読んでいた。「義経千本桜」では子狐が初音の鼓にされた親狐を慕い、佐藤忠信に姿を変えて静御前のお供をする。文学を続けてきたことに母恋いの想いが重なる。

夕映えのもの清げなるキャンパスに紅雲ひとひら未だ我を呼ぶ

文京区白山の大学キャンパスを出て振り向くと、高い校舎の向こう側に美しい夕焼けが広がっていた。まだ青みの残る明るさと深みのある夕映えの紅雲。「夕映え」を辞書で引いてみると、「あたりが薄暗くなる夕方頃、かえって物の色などがくっきりと美しく見えること。」(日本国語大辞典)とある。歳を重ねて物が見えにくくなったが、却って見えてくるものもあるだろう。文学は人間を表現する。長生きするほどに見えてくれば人生百年も悪くはないが、難儀な気もする。作歌と研究を私なりに長く続けたい思いが止み難く、歌集名を『夕映えのキャンパス』とした。

雛の夜を雪洞《ぼんぼり》長く灯しおり息子に恋の気配のありて

しっとりとした情感が揺曳する一首として注目した。雪洞を長く灯している時間の移ろいと、息子の心をひそやかにうかがう母の心理が、おのずと融け合った一首である。緩徐調のゆったりとした調べに沿い心情がこまやかに詠まれている。

（第二十六回夕暮祭短歌大会　山田吉郎選者賞・評より）

夕暮祭短歌大会にて、息子を詠んだこの一首が選者賞を頂いた。山田吉郎先生は、大学院にて短歌研究の講義と演習を担当された。八年もの間、主査の山崎甲一先生と共に、研究者と実作者の両方のお立場からご指導いただき心より感謝申し上げたい。

本歌集には、「覇王樹」代表・編集発行人の佐田公子先生に「跋」をお願いした。先生は古今和歌集の研究者であり、『片山廣子短歌研究』（角川書店）に対して書評をお書きいただいている。結社や歌壇の責任あるお仕事と大学での勤務でご多忙にも拘わらず、快くお引き受けくださり重ねて御礼申し上げたい。本歌集には身に余るお言葉を頂戴致し、恐縮の至りであった。

　出版に際しては角川『短歌』編集部の矢野敦志氏、吉田光宏氏をはじめ皆様方と、装幀を担当された片岡忠彦氏に大変にお世話になり、厚く御礼を申し上げたい。

「花實短歌会」の利根川発代表、三友さよ子副代表、故人となられた石川勝利副代表には長らくご指導をいただいてお世話をお掛け致し、花實叢書第一七七篇と決まった。選者の諸先生方、会員の皆様と本八幡支部の方々、皆様に支えられていることに感謝致し、これからも果てしなく遠い道のりの短歌創作の道を歩んで参りたい。

清水麻利子

令和三年八月

著者略歴

清水麻利子（しみず　まりこ）

1951（昭和26）年　福岡県大牟田市生まれ
2005（平成17）年　花實短歌会入会

歌集『団塊のコスモス』（平成21年）
著書『ジュニア短歌　言葉の力と豊かな心を育てる短歌指導』（平成21年）
『片山廣子短歌研究　芥川龍之介との「うた」の道行』（令和元年）
（第9回日本短歌雑誌連盟雑誌・評論賞受賞）

博士（文学）
「花實」編集委員、現代歌人協会会員、日本歌人クラブ南関東ブロック千葉県幹事、千葉県歌人クラブ広報委員長、市川手児奈文学賞選考委員、自分史短歌会主宰
全国大学国語国文学会、解釈学会、日本文学協会、佐佐木信綱研究会会員

歌集　夕《ゆう》映《ば》えのキャンパス

花實叢書第177篇

2022（令和4）年1月18日　初版発行

著　者　清水麻利子

発行者　宍戸健司

発　行　公益財団法人　角川文化振興財団

〒359-0023　埼玉県所沢市東所沢和田3-31-3

ところざわサクラタウン　角川武蔵野ミュージアム

電話 04-2003-8717

https://www.kadokawa-zaidan.or.jp/

発　売　株式会社 KADOKAWA

〒102-8177　東京都千代田区富士見2-13-3

電話 0570-002-301（ナビダイヤル）

https://www.kadokawa.co.jp/

印刷製本　中央精版印刷株式会社

 ISBN978-4-04-884456-7 C0092